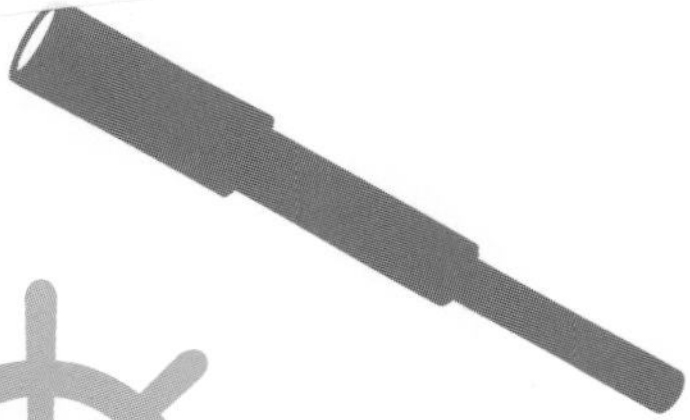

丘 五行歌集

五行歌丸で旅をして

市井社

五行歌丸で旅をして

五行歌丸で旅をして　目次

1 家族

孫

どうぶつえんに
かいじゅうがいるかいないか
なおくん二才
遊ちゃん三才
論争中

お月さんも
笑う？
幼子の
問に
笑うとも

あのお相撲さん
自分の水筒
忘れてきたの？
お水もらっているよ
遊亀ちゃんの思案顔

敵の敵は
味方だから
爺と孫の
友好は
必然

こんな幸せが
残っていたとは
孫娘が拾って帰った
椎の実で
ビールを呑んでいる

オシッコの
とばしっこ
やろうや
小癪な四才坊主の
挑戦をうける

魁皇関に
なりきって
濃紺のタオルを
腹にまいて
通園する孫

直、そちの番じゃ
爺、三、四でございます
孫との五目並べ
今宵も
大河「篤姫」バージョン

サッカー少年の直哉
ばあちゃんに教えてる
メナードとちがう
「マラドーナや
サッカーの神様やで」

・

バレエ留学から
一時帰省の孫娘
土産話はそっけない
語学学校に
じいちゃんに似た先生がいる

中三の直哉
ガチンコ勝負を
挑んでくる
腕相撲に
将棋

おじいさんの歌どれかな？
四百二首を丹念に探って
孫娘
十首目程で私の歌を
言い当てた

苦手の「現代社会」
期末テストの一夜漬け
付き合って呉れと
俺ん処は高一の孫の
現代社会の駆け込み寺か

俺の時代の「一般社会」
と様子がちがう
プラザ合意オイルショック
サブプライム、ペイオフ
すっかりグローバル

コロナ騒動で
大学に戻れぬまま
免許をとった孫娘
若葉マークの軽四の
助手席に乗れという

モテキが来たと
孫がいう
茂木外務大臣が
講演に来たかと思いきや
彼女が出来た

※モテキ＝もてる機会が来たの意

久し振りに顔をみせた
学部三年の直哉
万札一枚に
「ありがとう、助かる」と
何がどう助かったのやら

社会人仲間入りの孫
新人研修合宿で
コロナ感染の洗礼
好事魔多し
まだまだ色々あるぞ

妻

友達同志の
姉と義姉が
僕ら夫婦の
縁結びの神
良くも悪しくも

メロディ音痴の君
リズム音痴の僕
めげずに九ちゃんを唄う
♪「ふたりなら
こわくなあんかないよ…」

「妻
未婚前の面目」
何かの
弾みに現われて
いとおしい

俺の手紙を
その両の乳房に
挟んで
眠ったこともある
お前じゃないの

三つ子の魂
百まで
まして
結婚の時まで
固め尽した互の自我《エゴ》

抜き取った
庭の草を
ゴミ回収に出す
都会育ちが抜けぬ
妻

「以心伝心」は
疾《と》っくに朽果てた
美徳か
古女房さえもが
口ではっきり言えという

検査のあと
三者面談の
憂うつ
女房の保護者面も
疎ましい

合わせて
五十才で
始まった
二人三脚の五十年が
過ぎ去る

ふたりしてやるべき事は
やりきったと思わないか
二人三脚の紐は
ここらで解こう
老老は互いにゆっくりと

こんな風に
二人で散歩
一番幸せの時かも
と妻が言う
そうかも知れぬと思う

あれもこれも
すべてみな
リハーサルだった
次の世も頼む
連れ添って欲しい

二十八で結婚
その倍の五十六年
経った今
わが家に
三通りの家風

すぐ上の姉に
死なれて
さぞ　きつかろう
妻の
唱える弱々しい念仏

女房が確かに
小さくなった
背が縮んでる
この上は
心も可愛く…ね

妻が何を思ったか
というより
俺の死後の準備だろう
麻雀教室に通い始めた
とてもいい事だ

こんなに
素直な妻は
久し振りだ
麻雀教室通いの
補講を受け持つ

妻が
喪主を務めている
義姉の葬儀
この度は
俺は棺の外に居る

長姉の看取り
手抜かりのない
一連のこと
妻よ
真に見事だ

皺腹の皺を
数えているうちに
長湯になった
女房が
大丈夫かと戸を叩く

ソファーの妻は
読みかけの本を手に
うとうと寝入っている
書名をみると「百歳まで歩く」
寝たっきりは嫌なのだ

親子兄弟

オレ達夫婦を
子育て音痴と
宣《のたも》うた娘
子育てに
悲鳴をあげている

臨床心理士では
食べていけないと
鍼灸院を開く長女
冥土の土産に
治療院の名を考えろという

「成功とは
99％の失敗に
支えられた1％だ」
息子よ
いい言葉じゃないか

啐啄同時の
その時が
摑みきれない
未だか
疾っくに逸したのか

変換ミスの手紙が届いた
「見出」が「身出」のままで
長女が見つけて茶化す
この際筆名を変えたらと
「身出　錆」がいいと言う

筋金入りの
トラキチの兄だった
仏壇にスポーツ紙を
束にして供える
阪神がリーグ優勝したのだ

母に劣らぬ
恩のある
姉
脳梗塞に倒れた
心の準備は出来ているが

入院中
食事制限の姉
大きなアンパンが
食べたいと
両手でアンパンの形

歌友から贈られた
芳醇なかりん酒
夢に現われた
亡父と
呑み交す

亡父が
私の心に
仕掛けてあった
こと
親父との対話が楽しい

父は武道を
剣道とも
剣術とも
呼ばず
撃剣《げっけん》と言っていた

わが本名鈴木剛志を
分解すれば
金剛心の士が
令木に寄りかかる姿
名付の父の心を想う

介護施設の
老妹を見舞う
特段の話題もなくて
先立った両親兄姉達の
思い出話をくり返す

妹最後の一ヶ月
施設へ見舞い
お経を唱え
賛美歌を歌う
真摯な二刀流

弟よ
七十五年の間
君とは
喧嘩らしい喧嘩が
なかった不思議

西久保先生の
「御臨終、四時三分です」に
思わず
「黄泉《よみ》ですね」
私の悪い駄洒落

君の産声を
私は覚えている
七歳だった秋の日
襖の部屋は
大人たちが慌しかった

アルコール、ニコチンでなく
酒と煙草を
愛し通した
死の間際まで
天晴だ、弟よ

俗名は泉生
和泉の国で生れたから
黄泉の国では
釈覚生の
法名を頂いて

令和の世を
九日《ここのか》だけ生きた
弟よ
いい最後
大往生だった

弟ながら
君は
輪廻転生
私の二、三周先きを
行っている

兄姉私妹弟
真ん中で守られてきたが
遂に一人残された
助け合ったよな
何の悔いもない

墓仕舞を
済ませたら
故郷に残るのは
思い出と
戸籍簿に残る本籍地

我が子を
授りものと信じ
預りものとの
思いに至らなかった
迂闊

所詮、悪い父悪い母
ならば、せめて
その子等が両親を
反面教師と思えるまでは
育てねば

保育園から歌声が聞こえる
あんなことこんなこと
あったでしょう……
あんなミスこんなポカ
子育ての頃思い出す

子が
鎹《かすがい》として
働くのは
何時までか
釘抜きに変る

終活に本音が欲しい
アンケート三択
長く生きていて欲しい
なるべく早く逝って欲しい
どちらとも言えない

生きている内から
身内から
称讃されたいと？
滅多なことを
望んではなるまい

夫婦仲よしが
子等の何よりの幸わせ
兄弟仲よくが
親が一番に願うこと
幸福の基本だ

自分のファミリーヒストリーを
見せられたら
私もきっと泣くのだろう
出演の有名人が
どの人も涙していた

一様でない
家族からの呼ばれかた
八十二才
おやじさん、おじいさん
じいさん、じいちゃん

両親の眠る墓の
目と鼻の先で
心ならずも二つの事故
戒めなのか
守られたのか

八十才を過ぎた私が
「おとうさん」と呼ぶ人がいる
長女の舅・婿殿の父上だ
その人も私を「おとうさん」と呼ぶ
奇妙なことだ

2 動物

木下サーカスが
帰って来た
何年振りだろう
二人の孫には
初めてのサーカス

鞭を手にした
ライオン使いの
眼光は
どのライオンより
鋭い

目の前の
象の脛《すね》が
ぶるぶると
震えている
片足立ちだもの

昨日のショーで
火の輪くぐりが
できなかった子馬
空地の隅で
草を食んでいる

すぐ逃げ出せる構えで
こちらの慈悲心を
じっと探っている
野良猫と私の
ソーシャルディスタンス

野良猫に
そっと餌をやっている
優しい人か
淋しい人か
それとも何か別の・・・・

洗い落ちない黒
刈って、刈っても
伸びてくるのは黒毛
黒い小羊は
群の片隅で泣く

人に
弄ばれ過ぎた犬属
狼の面構えは失せ
おもちゃの様な顔をして
動物病院通い

床間の
置物の寅に
抜き足差し足
嗅ぎ寄る
飼猫

ゴキブリ一匹を
上げて
家の猫　満足気
大の字で
寝そべっている

猫のくせして
狸寝入りを決めこんで
突いても起きない横着者
道理で、猫も狸も
十二支から外されている

愛犬と見詰め合って
人、犬共にオキシトシンが
湧き出ると聞く
でも、猫とは睨み合いだ
多分、別のホルモンだ

暑いの、寒いの
喚《わめ》いているのは
人間だけ
猫も犬も
黙って対処をとっている

カラスの野郎ども
俺の作業を
隠れて見てたか
植えたピーナッツ
すっかり掘り返された

見事にやられた
来年用のえんどうの種
軒下に干したネットごと
烏奴が……
迂かつだった、完敗だ

ウグイスにも
音痴の類が
いるらしい
それとも
変曲専門の新派か

若葉の下
雀の子は
まだ生きる怖さを知らない
木陰の猫
狙い定めて尻を振っている

炎天の
公園の水呑み場
子雀と鉢合せ
どうぞ、どうぞ
お先にどうぞ

羽根の色を
変えたいのか
赤い実を
貪欲に啄む
灰色の小鳥

平和の
シンボルだと
知ってか知らずか
鳩の群の中の
激しい突っ突き合い

溜池の干潟
待ち受ける白鷺に
黒い色の渡り鳥
大きく翼拡げ
今年の旅路を語っている

温かな冬の日
夕暮れの散歩道
澄みきった空のどこか
姿を見せぬまま
トンビが啼いている

始祖鳥の滑空の
夢をすっかり忘れて
時速数十キロの
走鳥類
進化の不埒

私の何処かに
不当に毛嫌いされている
ゴキブリたちを庇う
気持が潜んでいる
ゴキブリ亭主の故か

仏壇の扉に
じっと止って
私の念仏に
聴き入っている
四月の蠅

仆《たお》れて仰向けの蟬
空の色を…
と思ったが
生憎
その眼は地面に向いている

帽子の
ひさしに
ジーといって
蟬が止った
何があったんだい

写経の紙上に
小さな蟻が
気忙しく
這い上ってきた
話していかないか

忙しげに
動き廻ってる
蟻よ
君の
悩みの程を尋ねたいぞ

散歩道
虻が一匹
しつっこく絡んでくる
ふと
浄土から抜け出た親父かと

秋の蝶が
蜘蛛の巣
摑まって
風に
揺れている

枝豆の新芽に
群がる
カメ虫達よ
今日こそ
本気で征伐だ

野菜の葉を
食べて
同じ様な色の青虫
残念な糞の黒色
次なる進化の課題

庭隅のコンポスト
底の辺りに立派な蚯蚓《みみず》
太さ、光沢ともに絶品
尊敬を集めて
コンポストを仕切ってかの様

運の
悪い
蚊
左の
掌に止った

次の世では
蚊に生れ替るも
可
人の血で満腹至福の
その瞬間　パチン

こんな爺《じじい》の
血でいいのなら
あげるけど条件二つ
静かにそっと吸い取ること
飛べなくなる程呑まぬこと

人懐っこい蚊よ
十二月になっても
まつわりついてくる
お前は
ストー蚊

冬至の夜
弱々しい羽音で
蚊がやってくる
托鉢の
修行僧さながらに

サバクトビバッタ
大発生
一網打尽にして
特製バッタ佃煮
無責任な夢

僕の
袖丈を
ていねいに測ってる
尺取り虫
御苦労さん

草むら深く
蝸牛《かたつむり》が
静かに
愛を営んでいる
本日草取り中止

3 自然

猛暑をエネルギーに
茂りに茂った
ミニトマト
秋分が来て
俄かにその勢いが失せる

稲穂が実り切って
礼儀正しく
頭を深く垂れている
宛ら《さなが》諸菩薩の
互いを拝み合う姿

柊が落した
赤い実
傍に
寒あやめの
薄紫

幾重にも
降り敷いた
落葉は
遠い祖先のよう
静かに踏みしめる

腐葉土の
安らぎ
森に残るもよし
鉢に入り
新芽を育むもよし

植物は
きっと
神に近い
静かに居て
取り乱すことがない

人も含めて動物は
植物なしでは
生きていられないのに
まるで
子が親の恩を忘れる様に

文字通りの
緑一色《リューイーソウ》だ
天守への裏道は
若葉のトンネル
苔の絨毯

散歩道
舗装の小さな割目の
小さな菫と
今日も
ちょっぴり挨拶交す

野に出て
草木と
語り
土塊と
戯れる

樹々の
新緑
毛虫ならずとも
食して
みたい

田の片角に
物言いたげな
余り苗
ベンチ入り外れた
補欠選手

か弱そうな苗が
水抜き近い今
頼母しい太い茎に育ち
宣言している
立派にお米になるぞ

メダカの学校が
廃校となる
カエルの合唱団が
解散に
昨今、田園の憂愁

辺りを窺うように
土を少しもちあげ
ジャガイモの芽が
顔を出した……
ようこそ、ようこそ

おちこぼれとは
言わさないぞ
昨秋の零れ種たち
トマト・南瓜・落花生
一斉に芽吹く

ニュージーランド産の
南瓜
とても美味しい
南半球産だ
当り前か

新型コロナウィルスも
グローバリズムの
レールに便乗して
あっという間に
地球の隅々まで行き渡る

恨みと悔しさをこめて
有為留守《ウイルス》の
字を当てよう
大人は職場を
子供は学校を奪われた

人類の
路線変更を
促すように
ウィルスの
ジャブが続く

新型コロナ
人の世の
弱点・盲点を
次々と
焙り出していく

「生物」に属さない
生き物ウィルス
遺伝子を備え
自己主張をする
何とも始末が悪い

握手も抱擁も
許されない
スキンシップが
死語になる
残るは心のふれあい

侵略の駐留兵が
居座り続けている感じ
感染明け
まだ体に潜んでいる
コロナウィルスの不快

米国加州の
大森林火災
人の営為が
一段と虚しい
パラダイスというその地名

4 旅行

海外旅行

ボヘミアの野山に
秋が深まっている
紅葉の語は当たらない
頼り無げに
黄色　時に紫の野

東欧の
古都の広場に
ペストの恐怖を
今に伝え続ける
聖人と天使たちの像

ポーランドの
オシフィエンチム
ナチスに占領され
アウシュビッツと
ドイツ語流に呼び変り
悲史が始った

プラハを流れる
モルダウの
岸辺
生涯の苦悩そのままの
スメタナの像

ドナウは
濁って
美しくも碧くもない
唯　観光船が
白く光っている

観光で
やって来たのが
気恥しい
ここスリランカは
聖地だ

上座部仏教の聖地
人びとは
輪廻転生を信じ
慎しみ深く
生きている

象・猿・犬・猫たちと
同列に
生きている
人びとの瞳が
優しい

北海道ほどの島国に
五つの世界遺産を持ち
今では世界の四大宗教が
仲よく
折合っている

古代伝来の
占星術の
恩恵も手伝って
スリランカには
離婚が殆んどないという

インド洋に浮かぶ真珠
スリランカ
日本のゼネコンが
その改造の機を
窺っている

内戦の
地雷を踏んで
足が千切れ飛んだ象
象の孤児院に
静かに繋がれている

建国七十周年
祝賀ムードの中国
そう言えば十才の頃
国民党と共産党が
激しく戦っていた

一度訪れたかった西安
遣隋使、遣唐使
玄奘三蔵
昔を偲ぶ縁《よすが》が残る
懐しい古都

四国八十八ヶ寺巡礼
西安（長安）に零番札所
空海修行の青龍寺がある
昔は叶わなかった参拝
今は飛行機がある

弘法大師も
修行の合間に
食したろう
棗《なつめ》と柘榴《ざくろ》は
ここ長安の名産と聞く

イスタンブールを後に
ウスクダラ辺りから
ボスポラス海峡を
クルーズで黒海の入口まで
巨大な海賊の砦の跡

国内旅行

隠岐の島は
いまなお
上皇と帝の
流罪の歴史を
抱き抱えて生きている

隠岐の帝《みかど》祭り
後醍醐天皇を
思慕する
島の老若が
御所車を引いていく

後鳥羽上皇を
慰めるため
始ったという牛突き
闘い終えた牛たちは
悲しい目をして引き上げていく

隠岐の島の
かぶら杉
乳房《ちち》杉
桁はずれの奇形杉だ
八百年を生き続ける

島民は
自然のままに
生きて来たのだ
こんな巨大な奇形杉が
伐り倒されずに育った

たとへば他人の山の松茸を
採って食べても
互いに咎めないという
嘘のような
習俗が残る隠岐

雲一つない快晴
記念歌会のあとの
師走の一日
五行歌人八名が
讃岐路を旅す

うまい
讃岐うどんの為だ
立ち待ち時間の
三十分なんぞ
屁でもない

草壁主宰と
尽誠学園を訪ねる
二人の父親が
この学舎で同じ時を
過した奇縁がある

吾が父は
文でなく
武を求めて
尽誠の
門を潜《くぐ》った

胴を着け
面を脇にして
竹刀《しない》をもった
急ぎ足の
父の姿が目に浮ぶ

フェルメールの
真珠の耳飾りの少女が
行く先々で
私を待ちうけている
久し振りの東京

上野のお山の
西郷どん
横目で
スカイツリーを
みてござる

不忍池の
ほとりで
雀が群れになって
人の手から
餌をもらっている

お上りさんの
ケイタイの
電池が切れた
待ち合わせの連絡が
ままならぬパニック

鞆の浦を訪ねる
妻の目当ては
ポニョの崖
私は
山中鹿介の首塚

武将の赤心を
悼んで
粗削りの
岩の碑が
凛然と建つ

仙人が
その美しさに
酔ったという
眼前の
仙酔島

幕末
いろは丸事件の
舞台も此の辺り
龍馬の宿も
談判跡の町家も

平成いろは丸で
仙酔島へ
往復
二百四十円
船客二人

備後鞆の浦
千五百人余の
朝鮮通信使団を
迎え入れた
歴史の香りが残る

姫路
御着
加古川
書写山
官兵衛の跡を歩く旅

花山法皇が
書写山の性空上人を
訪ねて
御着きになった
御着の名の由来知る

一遍さんの本
一冊持って
一人旅
一日がこんなにながい
一期一会の味

旅先で出会った
七十七才の姫路の老人《ひと》
学士入学を果して
取り組む卒業論文は
「頼山陽」だという

道後か
姫路で
一杯やろうよ
一人旅同志
握手して別れる

小諸の布引観音
不信心な老婆を
善光寺まで導いたという
白い牛
穏かな目をして休んでいる

歌友に
招かれ
別所温泉
松茸づくしの御馳走
信州の夢の夜

善光寺の
本堂脇で
親鸞聖人に
迎えられる
よくぞ参られたと

私の
旅の土産を
褒めることのない妻が
上田のくるみそばを
旨いという

「佐渡の金山
この世の地獄」
無宿人達の
怨の気が狸穴から
かすかに漏れてくる

佐渡へ
引かれた
無宿人たちの
生命は
三年・永くて五年だったと

「達者」という地名が残った
山椒大夫の最後の場面
盲の母の目が開き
「厨子王や達者だったか」と
二人が抱き合った処

金鉱山跡を
後にして
一面黄金波打つ
佐渡路を
観光バスは走る

花巻へ行ってみたい
大谷選手の母校のグラウンド
宮沢賢治記念館
この二ヶ所を
訪ねる旅

5 社会

ワーカホリックの
後始末を
フリーターに身をやつし
パラサイト達が
せっせと果たす

地下鉄でも
山手線でも
老若男女のだれもが
ケイタイを
まるでお守りのように

外国産の
外の字を
外しただけ
何処が悪いかと
言いたげな商法

もはや
舶来品とは
言わない
飛行機で
やってくる

ノンバンクの
無人店舗
餌食を待伏せする
毒蜘蛛の巣
さながらに

金融庁が
銀行の金玉を握ったから
銀行は
企業の
トンボの首をひねり始めた

「バカの壁」に
おでこを
当てて
泣くもよし
祈るも又よし

畦と畝
鋤と鍬
いまの子供達
ふたつのちがい
分るかな

結婚する
と言わず
世帯をもつ
と言った
社会全体が大人だったのか

不景気な
田舎街にも
立派な葬儀場だけが
やたらと
増える

一人の
卒業者を
大勢の大人達が
送り出している
山奥の小学校

経世済民という
原点を忘れない
慎しみある
産業文化を
希求する

産業とは
業を産むことだったのか
大企業とは
大業を企てることか
シャレにもならない

法人も生身
誕生と
死をくりかえす
ここの処
葬儀のみ多い

自然人には
時にある
大往生ということ
法人企業には
有るものではない

新閣僚は全員が
自分より年若だ
時代を託したような安堵と
一抹の寂寥感
政治家でない私だが

マイルドに
マイナンバーと
言っているが
本音は
国民総義務番号

親からもらった
名前があるのに
国が番号で
俺の点呼をとる
という

為政者が
丁寧という
言葉を使うこと
止めさせられないものか
気分が悪くなる

政治家が口にする
言い逃れの
セイフティネット
サーカスには
本物のセイフティネット

新元号、令和
命令の令でなく
付和雷同の
和でもない
心に刻みおく

令和の世の
徳政令だ
一律拾万円給付
財源は
国債発行

総額十二兆円
国の財布が
身近に感じる
この十万円如何使うか
深く問われている

節度なく
国債発行して
金を配る
安易に過ぎるぞ
問題先送り主義

この上まだ
国に物乞いする
能天気
国の借財
国民一人当り一千万円也

三・一一が
忘れられぬ
悲劇の日となった
九・一一と
並ぶように

人の深い業か
大災害の悲嘆を
横目に
株式市場は
今日も乱高下する

歌が
歌にならない
大災害を前にして
自分の偽善が
透けてくる

大気、水、土
その上海までも
汚《けが》して了った。
その引き替えに
何が残るというのか

後始末が
思うにまかせない
「始末の悪い」
原子力発電を
思い知る

容赦のない余震が続く
「もう勘弁して下さい」
それとも　まだまだ
反省が
足りないのでしょうか

これ以上の
大罪はない
天地万物が
底なしに
汚《けが》されいく

子供等から
運動場や
砂場を
奪ってしまって
何が残るというのか

臆病な程の
想定が
必要だ
千年万年単位の
想定が

国民投票に代る
脱原発の
一千万人署名運動だ
内橋、大江、寂聴らの
呼びかけにとび乗る

千人針の
一針一針を
貰い歩く様に
脱原発一千万人署名
一人一人

灰と聞くと
一瞬
身構えてしまう
灰は
身近な必需品だった筈

北電の社長が
「原発はわれわれの資産だ」と
然り
でも、それは
管理不能な「負の資産」

さよなら原発
一千万人署名活動
四百十九万余に終る
文化人等の呼びかけにも
大衆の反応はここまで

廃炉は
敗路
危険を
抱えて
遠い道

聖徳太子の万札は
使い手があった
福沢諭吉の今
逃げ足がやや早い
渋沢栄一でどうなる

世界トップ二十六人の
富豪の持つ資産が
下位三十八億人のそれと
同額だという
グローバリズムの大罪

公平に
分かち合えないなら
これ以上の
便利便益なぞ
それは罪悪だ

道徳の
教科書は
第一章
「本音と建前」という処から
書いてやっておいて欲しい

善が時として
腐敗するものなら
悪も
それなりに醱酵して
何とかならないものか

市場は
修羅場
経済至上主義の
地獄の釜が
煮え滾る

「正直者が
馬鹿をみる」という
「馬鹿正直」ともいう
この時の正直とか馬鹿とは
一体何なのだろう

国民の
銃保持権を
憲法から外せない
野蛮な国が
世界をリードする

他国のこと、他人のこと
とは思えないで
成り行きを見守り続ける
合衆国の土台が
揺らいでいる

21世紀は
アフリカ大陸の時代
わが大相撲界にも
ナセル大統領を
思い出させる大砂嵐

政治と金
うんざりしていたら
こんどは
宗教と金だ
何処までも罪造りな金

金儲けのために
政治家になってはならぬ
マックスウェーバーの
残した至言だ
今の世殊更に

忖度を
邪な響きの
言葉に
変えた
政官界

戦さを始めた独裁者
戦う男たち
戦《おのの》く女子供
戦《そよ》ぎを忘れた街路樹
「戦」は二〇二二年の漢字

キエフとオデッサ以外
ハリコフ、リビウなど
私には初めて耳にする都市
ロシア軍と戦う
ウクライナの街よ

あれから何年？
ペシャワールとか
カブールとか
あの頃も初めて耳にする
悲劇の都市だった

プーチン氏には
トルストイを
トランプ氏には
フランクリン自叙伝
私のすいせん図書

6

心

六十五才に
なったんだ
今日からは
「めんどうくさい」を
禁句にしよう

老後は
これで行く
好奇心
感謝力
満足力

身長一六三、体重四九
浅田真央ちゃんと
偶然の一致
でも口にするのは面映い
半回転ジャンプも叶わぬ身

相撲とりが
する様に
拳骨でびしっと
尻をどやしつけ
一日の始まり

信号無視で
捕まって
罰金九千円は安い
不良老人に
お灸は時に必要

温と
優を
欠いた
老は
醜

兎や子等の様に
跳び跳ねは叶わない
この老いの心
好奇心と感謝の気持で
弾んでいよう

食卓に坐し
厠にしゃがむ
この二つを快適に果し
すべて世は
事もなし

還暦
そして古稀にも
覚えなかった
深い感慨がある
喜寿は尊い

目下の処
体は動いてくれるのだ
脳の
指令のまま
億劫がらず動くのみ

どんな
打たれ方にせよ
打たれたとならば
響き返す
気力と真心を持っていたい

ハンドルを
握っている間なりと
一番優しい
自分でいたいと
思う

宗門争い
何れが負けても
釈迦の恥
仏教国に生れ落ちた
幸運

忍法
仏法
ともに
己を消すことが
本義という

穢土と化す
片州に巡って来た
法然八百回
親鸞七百五十回
両聖人の大遠忌

「臨終の節度」
とな?
朝刊広告の惹句《じゃっく》に
一撃を食らった思いで
本屋に向う

他生の縁どころか
多生の縁なのだ
同坐対面、五百生
ということを
教わる

百歳の詩人が
つぶやく
「日が西に沈むは一日の死
日々これを眺め
死に臨む訓練をする」と

仏壇に
切り花を供える
人の業
仏は花壇の花のままを
愛でているのに

無財の七施という
物の介さぬ
身心の修業
安直な財の布施を
赦さないのだ

人生の
物差し
この一本で
浄土にも
地獄にも

人生はよろこばせっこ
漫画家のやなせたかしの
残して呉れた言葉だ
優しく
過したい

人生がよろこばせっこ
というならば
人生はよろこびっこ
ともいえよう
素直によろこべる力

可愛い顔で
強面で
人
それぞれに
騙し合う

無邪気に
健康を
誇示されて
周りに
邪気が籠る

蛇蝎とて
神の手のうち
誰れかが
その役廻りを
演じ通す

石に化ける魚
枝に化ける虫
花に化ける蝶
神は生きる為の
騙しを許している

知り尽している人
それがどうしたと
言わず
共に
新鮮に驚いてみせる

腹を立てても
怒っていても
始らない
ここはひとつ
人類学者になる

会葬の人達
まるで
敗残兵の群のよう
よろよろと
集う

人生八十年
人は概ね八・八屯の
排泄物を
生み出すという
偉大な業績

人よりも
ペット
ペットより
草木に
癒される身勝手

不義理をします
えん魔さんの
口頭試問の
対策中
です

大自然の
欠片《かけら》である、
妙な
納得の
安堵

六十兆
すべての
細胞が
喜んでいるような
微笑だ

感謝・慎み・助け合い
宗派を越えて
人としての
必要で十分な条件
あとはその深さ

虚仮の世と
知ればこそ
なお　真善美の在処《ありか》を
探り続ける
それこそが生きる力

自分の
この生命に
責任を
もつ
何が起ろうとも

慎しみの
心を
この身に
深く
新しい年

後悔とか反省とか
上面の自己省察でない
己の根源に対する
懺悔だという
これは重い

マンションの
杭打ち問題
他人ごとでない
己自身の中心軸が
確かな岩盤に届いているか

肚
私のすべてが
ここから
発す
私の土壌

程よい
自己肯定感
卑屈とも傲慢とも
縁遠く謙虚に
生きている不思議を思う

中庸は
中庸として
右に
左に
ぶれて生きる

弱音でない
謙虚
強がりでない
情熱
中庸を探る

怒り
蔑み
憐み
煩悩のままに
空廻りが続く

身過ぎ
世過ぎ
日々の行が
人の精神を
深めて呉れる

財布を
失くして
うろたえている
大往生なぞ
出来っこない

海馬の
いじわるい門番が
思い出したい人の名を
釈放して呉れない
既に三日が経つ

口先の「いただきます」では
済まされぬすべてがいのち
「頂かせて戴きます」と
生命の根元に
頭を垂れる時

心のセイフティネットが
確かな形に
なってきた
湧き起る煩悩を
柔らかく弾ませている

全治一週間
メスを手に医師も
珍事だと苦笑
マダニが宝殿《Hoden》に這い上り
深く食い付いている

※Hoden（独）睾丸

漱石は菫と詠んだ
私は
次の世
プランクトンに
生れても面白いと思う

家風に支えられ
校風に育てられ
社風の中で鍛えられた
善くも悪しくも
私は風の子、三つの風の

節くれ立った両の手
皺と染が
愛しくも頼母しい
娑婆の柵を
掻き分けてきたのだ

春風に
吹かれて
自転車をこぐ
何やら
幼児のように楽しい

生れて来たことが
幸運だったと
言い切れる
一生
そんな一生

生れて来たことを
幸運と思うか
不運と思うか
この世での
結論

孫娘の受験テキスト
ちらりと覗く
英数国はなんとか分かる
分子生物学の「生物」は
チンプンカンプン

どんな愚痴も
棘ある言葉も
けろりと
呑み込む
鋭敏な心

心が
萎えていては
美しいものさえ
美しく思えない
罪だ

泥を
被って
けろりとしている
それが
男だろうよ

温かい
微笑みに
温かい
微笑みが返せて
いるかしら

心の眼が
乱視の他に
色盲なのだ
素直への道は
程遠い

許の眼
と
心の耳
この先
私に必須の二つ

卑屈にならず
分を弁えて生きる
何処までも
謙虚であること
悟りへの一歩だ

朝な夕なの
鴉の啼き声
どの声も可愛く聴こえる
慈耳が
欲しい

ベートーベンの子守唄
無いものねだりを
してみたい
月光、エリーゼのために、田園
それぞれに優しいから

文字通り
耕さずに食らい
織らずに着て
感謝の心の乏しい
横着者

与えられ
赦されて
守られて
生きている
何の不服がある

四無量心
慈悲喜捨
この私には
喜心が一番難儀に思う
羨や妬が顔を出す

肉体の鍛錬も
精神の修練も
遺伝子に
溶け入って
次の世に繋がっていく

親の受けた
ストレスを
遺伝子レベルで
子孫が引き継ぐという
恐しい発見

細胞のひとつひとつに
意思と心が
潜んでいるという
六十兆個だ
何が起っても不思議ではない

ミラーニューロン
又の名は
忍者細胞だという
前頭葉にあって
相手の心に忍び込む

寿限無
ゲノム
和洋の似通う響きが
いのちの不思議を
想わせる

卵子は
精子より
桁違いに大きいと聞く
この世のあれこれが
何となく納得する

人類出現して
二六〇万年
二〇二〇オリンピックで
百分の一秒を
競うアスリート

太古の昔
優しい兄姉たちと
別れる様に
植物群を後にして
動物の道を来た幽かな記憶

国立科学博物館の
深海《ザ・ディープ》展
生き物って何んだろう
神の気紛れなんて
不遜な思いが起る

願い続けたら
鰭《ひれ》が
手になり
足になった
歴史がある

ホモ・サピエンスは
賢いヒトの意と聞くが
でも正確には
悪賢いとかずる賢いの
意味を多分に含んでいる

人は欲の為なら
何んでもやる
人の命を顧みない
金鉱坑跡をみて思う
原子力発電所も同根だ

生かされている
だけなのに
これを忘れて
傲慢な心が
ささくれだつ

安全地帯に
のほほんと居て
あれやこれやと独断し
臆面もなく口にする
私の偽善

いつ何時
何が起こるか知れぬこの身が
世間を茶化し
他人様を評す
その不遜、恥じて底がない

比べて
心の
バランス
が
崩れる

表面を
取繕った分
内部の
マグマが
煮えたぎる

怠け者なりの
忙しさ
言訳けを
並べたてるのに
忙しい

何故
耳に心で
恥なんだろう
良心の囁きを
耳にした一瞬間の疼か

お天道さまを
太陽と
呼び捨てにすることに
慣れ切って
心が貧しい

邪心を
抱え続けた
眼
他人の目を
欺けない

口とは
唇・舌・歯牙の
総称
災の元が
揃っている

白けた
人に
挨拶を
し続ける
エネルギーの優しさ

向うから
仏頂面がやってくる
弾き返されないよう
元気よく
「今日は!!」だ

三月になると
いつのまにか
「仰げば尊し」を
ハミングしている
毎年のこと

私だから戴けた
私までも戴いた
二月十四日
愛の味を
噛みしめる

万歩計に
励まされて
遠廻りの道を
勇んで
歩く

30分も
話をしていると
こちらの腰痛も肩凝りも
消えている
不思議な人

君の破顔に
出会う
何物にも勝る
喜びのエネルギーが
全身を走る

君の
健気な
逞しさ
何処から
湧き出てくるのか

ぎゅうーと
握り返してくる
その手
無言の
まま

美しい誤解の
鎖
いつ切れるやら
危うい
綱渡り

「いま、ここ」
それが
信条だという君
明日の約束も
忘れないで

「クララ・シューマン」
この映画だけは…
妻よ、許せ
一緒に観たい
女性《ひと》がいるのだ

僕は
「狭き門」の辺りを
うろついている
ジェローム
そして君はアリサ

共感だ
身も
心も
君と
震えていたい

食べてみてと言われても
料理なんて出来ないよ
君がベランダで
慈しみ育てたゴーヤ
頬ずりするばかり

出口が
迫って来ているのか
入口に
近づいているのか
魂が覚悟を問うてくる

元気のまま
死んでいきたい
肉体はさておき
心魂だけは
許されそうな

何一つ
知らされず
送り出されたのに
頷いて還って来いと
囁く声

二人の祖父も
父も兄も
届く事のなかった
喜寿だから
稀授、と戴く

その時は
母のお腹を通してもらう
来た道を還る
三途の川も
閻魔にも立寄らない

あっちと
こっちの
段差が
少しずつ
低くなって来た

一九三八年戊寅魚座生
姉《女》兄《男》焔《男》弟《男》妹《女》
兄《男》姉《女》丘《男》妹《女》弟《男》
形は違うが真中に挟まれて
共に最後の一人生きている

7 ことば

言葉の妙
「言葉では
言い表わせない」なんて
言っているのも
言葉

ＡＢＣでなく
いろは歌で育つ
日本人に生れたんだ
それなりの生き方が
相応しい

こんな言語他にある?
ひとつ、ふたつ、みっつ…
ひいふうみいよう…
1・2・3・4・5…
二・四・六・八の十

一番大事だと
思うことを
何んでも「シン」と発したのか
神、親、身、心、芯
眞、信、深、進、新・・・

英語では
SAYの一言
比して深く重い
正、聖、整、生、成、製、精、
盛、勢、晴、性、世、…まだ続く

里の字が持つ
親しさと深み
鯉になり狸になり
埋葬の埋に
王を伴なって理《ことわり》

口と
又
こんなにも二つに分かれる
恕と
怒

手と
目が
優しく
組み合わさって
看の字

改めての
不可解
人の子は子
猫の仔は仔猫
何故の人偏か

それにしても
痴呆の
呆の字に
亻《にんべん》がない
底なしの恐怖だね

孔子が戒めた
巧言
釈迦の勧めた
愛語
リップサービスの微妙

甘言
と
愛語
その
似て非なる

英語の
くぐもったあいまい母音に
持ち前のあいまいな微笑で
戸惑っている
日本人

車は
怖い
中でも
口車は
乗ってはならぬ

コロナウイルスの縁だ
改めてギリシャ語の
アルファベット
A《アルファ》からΩ《オメガ》まで
24文字の復習

ロートルは
老頭児と書くと
迂かつにも
知らなかった
老頭児

口のことを
laughing《ラフィング》 gear《ギャア》
だなんて
ロンドンっ子の
茶目っ気

英語の
象形文字の
秀逸をみつけた
筆記体での
ＥＥＬ

この国は瑞穂の国
四方八方田ばかり
上田中田下田横田角田…
車屋までが豊田本田松田
ＴＰＰ批准熟慮あれ

ひっくり返して
変る、変らぬ微妙なもの
本日・日本
神仏・仏神
家出・出家

何処《どこ》っちゃ行けん
誰《だれ》っちゃ来《こ》ん
何《なん》ちゃ出来ん
こななこと
何時《いつ》っちゃなかったぞな

ふる里が
遠くなる
活き活きとしゃべった
方言が
心の中で朽ちていく

ウ段が紡ぎ出す言葉は
柔らかく優しい
うるうる、ぬくぬく
救う、睦む、尽す
夕鶴・つう

生の姿は色々だから
読み方もい・う・お・は・き・ふ
うぶ・なま・せい・しょう・・・・
とかく生は忙しい
比して死の字は只「し」とだけ

浮ついた心が
鎮まっていく
美しい
和語に
出逢って

8 ジェニー

家の庭に
仔猫が迷い込んできた
生後一ヶ月程の女の子だ
名はジェニー（銭）とする
マネー来猫に育てる

孫が手許を
離れて
代って
迷い込んだ仔猫
信頼関係構築中

家猫のメイ
庭猫ジェニー
網戸ごしの
睨み合いが続く
折り合い未だし

朝庭に出て名を呼ぶと
物置小屋の下辺りから
ゴソゴソとやってくる
庭猫ジェニー
いとおしい

「たのみましょう」と
入門を乞う
修行僧さながら
庭猫ジェニーは
夕刻を待ち戸口に座る

家猫に昇格の
ジェニー
マネ来猫か否か
試しに
歳末ジャンボ買う

野良を体験している
家猫のジェニーは
一宿一飯の恩義を
弁えている
そして強か

ジェニーが
襖を音もなく開けて
朝の挨拶にやってくる
襖を閉める術知らず
トコトコ出ていく

ジェニーよ
お前の親の顔が
見たいよ
出来ることなら
爺と婆の顔も

宝石の眼球
しなやかな背骨
四肢に弾む肉球
立派な尻尾
猫は自在

ジェニー　お前の出番だ
施設から特別許可が出たんだ
俺の妹の見舞に
一緒に付いて来ておくれ
猫大好きの妹なんだ

9
五行歌

善き友からの
五行歌丸
乗船切符
ふらりと出発《た》とう
還暦の旅

二十一世紀向
ゴギョウカスコープ
望遠顕微
心内深層
観自在鏡

四国の地に
五行歌を根づかせた
火付け役
雷太さんは文字通り
ＬＩＧＨＴＥＲさん

さすが
雷太さん
お彼岸の日を
静かに選んで
還っていく

あの日
向う岸では
勲《いい》くんと象《しょう》ちゃんが
手招きしていたことだろう
きっと

五行歌は
心の
湧き水だから
底の水脈は
清く保ちたい

五行歌は
心の呼吸、
ならば
小鳥の
囀るように

二人の歌が
仲良く並んだ
少年の頃の
席替えの日の
ときめき

さあ
月例会に出掛けよう
松山五行歌会に
九人の
ミューズが居てくれる

松山五行歌会二十周年の
記念歌集『ぬくぬく』を
俳句の道の友に贈る
「衒《てら》いがなくて
五行歌っていいね」と返信

「あななひと
みいでええ」と
言わないで
温かく迎えてくれる
古里の五行歌会

爽かな
集いだ
私の邪気が
この清浄を
汚《けが》さぬことを

「温かく迎えて
くれるは便座のみ」
成程、でも所詮お尻でしょ
故里の五行歌の集りは
迎えられて心が温かい

ボストンに
五行歌の友が
出来て
老いの身に
新鮮な刺激が走る

泊舟さんの
温顔が懐かしい
「新婚旅行は高知でした」と
「一度宕屋さん誘って
桂浜で呑みませんか」と

あの風の又三郎
本名は高田三郎だ
こちらは伊予の風の三郎
塚田三郎
夕と ツの違う二人の風男

五行歌が
私の生活の
重要な一部であること
月例会が二回休みで
明確に分る

秀歌と称えることも
拙歌と遜ることもない
不秀不拙だ
五行歌は
各々の切なる心の呟き

物思いして
五行歌に託す
究極の
沈黙に
辿り着くまで

10 友・師・雑歌

友

同窓会
あの娘も
すっかりおばあちゃん
ボクは鶴田浩二の
「好きだった」を唄おう

卆後五十年の
同期会
各々十五年後の夢
我が夢は
「仙人に近づく」

傘寿を過ぎて
年に一度は同級会
足腰、視力の衰えを
各々が訴える
認知度は互がそっと査定

同い年から
同じ年賀状が
二通届く
私もきっと
同じことをやっている

半年振り
友と会う
同じ話に
同じ相槌を
打つ

片手に
医療費の束
一年間の不幸を
愚痴ながら
申告書を書く

ほんとうの事を
正面切って
言いあって
真意を素直に
受け止めあえる友がいる

自慢を
決してしない
君
君の傍は
心地いい

経て来た
互の人生経験を
素直に
尊敬し合えることの
幸わせ

屈強の山男だった友
信じられない急死
あの同窓会が
最後となった
笑顔で別れたのに

畑の秋の収穫
薩摩芋を届ける
「太っちゃったら
あなたの所為だから」と
それはないでしょう

お土産は要らないから
写真を沢山撮って来てね
と送り出して呉れた人
土産を届けたが
写真を見せてと言わない

何人目になるか
また、世界を股に掛けた
企業戦士がひとり
歩き遍路になって
訪ねて来る

歩き遍路の東京の友
労をねぎらって
一夜カラオケに誘うと
不倫演歌を
たて続けに唄う

熟年離婚してしもうた
しょげていた
その友が
照れ乍ら
介護結婚したで

国民投票が
原発稼働を
阻止したこと
誇りに思うと
オーストリーの青年

師・先達

高校一年で解析Ⅰを
学部四年で統計学
不思議な学恩
九十二才の野本久夫先生
今尚見守って下さる

卆寿の
恩師を訪ねる
授業の思い出話に
慈眼が
かすかに潤んでいる

年賀状書き
小、中、高、大の
十六年間の恩師
今は
唯お一人に

私が
この先生きる
標
あの加藤孝雄先生が
居て下さる

勤めていた会社の
八十八才の先輩
人生百二十才を目指すと
賀状の思いは
本音のようだ

ああ、面白い人生だった
いい人達沢山に遇えた
皆んなが待っていて呉れる
身近だった三人の三様の
最期の安らかな言葉

七十、八十洟垂小僧
男盛りは百五歳
この様な事を言って
人生百年時代を
先取りしたお坊さんがいた…

予想外のこと
ボブ・ディランに
ノーベル文学賞だって
何だか嬉しい
親友が受賞したようで

赤信号で
車が来ていないのに
待っている人
そんな人になるな
山中伸弥先生の忠言

ノーベル化学賞の吉野彰さん
若い研究者への激励は
自然科学の分野でも
解明されているのは
2～3%に過ぎないんだよと

母校の先輩
真鍋淑郎さん
ノーベル物理学賞に
サプライズ!!と
プリンストンで笑顔

ノーベル賞サプライズの
お相伴に与《あず》かって
母校の理科教室
実験室、暗室などが
心に浮ぶ

日本全体で二十八名という
ノーベル賞受賞のうち四名が
愛媛県《いよのくに》に縁の人、その一方
百代目を数える総理大臣は
未だ零という土地柄

利根川進さんは西予
大江健三郎さんは内子
中村修二さんは大洲
真鍋淑郎さんは新宮
いずれも県の外《はず》れ

創刊百周年の
「文藝春秋」に奇しくも
母校三島高校の名が
真鍋淑郎先輩
ノーベル賞の余禄

雑歌

フランシスコ教皇
八十二才同い年の親しさから
地球の真裏のアルゼンチン
どんな少年時代を過したか
尋ねてみたい気がする

地元のN高校
若いラガー達の
秘めたるモットーは
黙々・堂々
私、黙々・老朗

そんな事も
可能なのだろう
「老人の美学」
という新書が
紹介されている

「老人の美学」なんぞ
滅多に思い当らぬ事だが
運転免許の自主返納
周りがやきもきする前に
これは美学の実践だ

動くにも
止るにも
ヨイショ
老体の
制御ブザー

凸凹道を
歩き続けて身につけた
バランス感覚だ
転倒せぬ為
維持せねば

腕白の頃
動き廻ってつくった
手足のすり傷
動きが鈍くなった今
似た様な手足の怪我

この先
外国人の娘なんぞに
介護される予感がある
英会話に
精を出す

不注意から熱湯で
甲に残ったケロイド
戒めの為に残ればいいものを
じわじわと消えていく
かたじけない特赦か

昭和一桁生れと
聞くだけで
誰彼なしに
兄貴分で姉貴分
その訃報はつらい

他人事でもないが
奥さんあって
何とかやっている男の
何と多いことか
逆はどうかって？

「つないでる
お友だちの手を
放しなさーい」
石ころの坂道の入口
保母さんの大声

何がなくてもいい
何があってもいい
有無の迷いを離れた
女性の一途な思い
比して　男はだらしがない

瞳の
輝きこそ
すべて
化粧もエステも
凌ぐ

かつて勇ましい
オバタリアン達がいた
今はきっと
ババタリアンとして
逞しく生息していよう

いじわる婆さん
明るければ
許される
いじけていては
駄目

老婆が
ひらひら飛ぶ蝶を
ひょこひょこ追う
プランターの野菜に
卵の生み付け困るのだ

すっかり忘れていた
旋律が
ふと心によみがえる
音信の途絶えていた
旧友からの便りの様に

白か
黒か
ネクタイ一本、礼服が
慶に
弔に

十月二十六日は
「柿の日」だと
子規が鐘の音を
聴きつつ柿を食った日
柿がうまい

野球の神様なら
同じ眼差しで
見てる筈
大リーグのホームラン
草野球の三振

山田洋次監督の
「おとうと」に
姉性愛の
一つの
極限をみた

姉が弟を念《おも》う
母の息子への念いを
凌ぐことさえある
その一途な
純粋さ故に

大伯皇女《おおくのひめみこ》の
大津皇子《おおつのみこ》への念い
安寿姫の厨子王への愛
与謝野晶子は
母に代って「弟よ死ぬな」と

母性愛には
時に子を呑み込む
魔性が潜む
夫婦愛には隠れた打算
姉性愛のみ神に近い

知性に
欠けてても
肝っ玉かあちゃんの
野性の
愛情

小鶴誠と
ブラッシーの
相つぐ訃報に
ガキに戻って
別れをつぶやく

自分で
泥をかぶらず
慈善家ぶる奴
命がけの
盗人の方がまだしも

潔く
ごめん
すまん
悪かった
言訳けはないのがいい

とんでもない事を
なんでもない顔で
やらかしてくれる
なんでもありの
とんでもない輩

なんでも出来る
と本人が言い張る
なら、惚けたまね位やってよ
介護認定が
下りず困惑の家族

小さな縁を
大切にして
大きな運に育てあげる
笑福亭鶴瓶さん
いいこと仰る

ピエロが
皿廻しを
始めた
皿が
雁首のよう

それを言っちゃあ
おしまいよ
そこへ行っちゃあ
これもおしまい
あちこちでのおしまい

表現の自由の
奥には
真摯で崇高な
精神がある筈
卑劣な揶揄は論外だ

厠、憚はおろか
手水、雪隠も
便所までもが死語になる
ＴＯＴＯに
洗い流されたか

「物事に拘らない」と
ならば
拘らないことにも
拘らない
でもこれが難物

改めて
時間という
不思議を思う
神の無限の
仕掛けの基かと

跋

草壁焔太

私と共通点の多い人である。だから、いつも注目もし、冷やかし半分で歌を見ることもあった。一番気に入ったのは、

俺の手紙を
その両の乳房に
挟んで
眠ったこともある
お前じゃないの

であった。女性に対して、言いたい言葉が同じだと共感した。
見出さんは、私との共通点を二つの歌で書いているほどだ。

一九三八年戊寅魚座生
姉《女》兄《男》焔《男》弟《男》妹《女》
兄《男》姉《女》丘《男》妹《女》弟《男》
形は違うが真中に挟まれて

共に最後の一人生きている

一九三八年の魚座に生まれ、兄弟五人の真ん中で、兄姉弟妹がいるが、順序がちょっと違う。そして今唯一の生き残りとして生きている。二行目の「焔」は私（草壁焰太）のこと、三行目の「丘」は見出丘さんのことである。他の人が読んでも、意味がわからないかもしれない。

しかも、父親が同じ善通寺市の尽誠中学に学んだ。私の父、三好茂三九は、小豆島の出身だったが、その頃、島に中学がないため、善通寺市まで行き尽誠中学に通った。見出さんのお父さんは伊予生れであったという。

ほぼ同じ時期であった。

同級生でも兄弟でもないが、半分同じと感ずる人である。

歌を見ても、どこか共通点があるが、決定的な違いは、仕事であろう。見出さんは、企業のピンチを救うような仕事をされていたと聞いたことがある。したがって、世間通であり、社会を歌う歌も多い。

人を救うくらい力もある人だ。

その見出さんの歌集の冒頭が、

どうぶつえんに
かいじゅうがいるかいないか
なおくん二才
遊ちゃん三才
論争中

お月さんも
笑う?
幼子の
問に
笑うとも

孫歌である。しかし、孫も人、人への最も正しい愛を冒頭に出している。それは、彼の優しさであろう。たんなる世間通ではない。その生きる態度を示したものだと思った。私より人に優しいのかもしれないな、と。

企業のピンチを救うという責任ある仕事をしてきた人らしく、社会や世界を人の心を見通した歌も厳しくていい。

自然人には
時にある
大往生ということ
法人企業には
有るものではない

為政者が
丁寧という
言葉を使うこと
止めさせられないものか
気分が悪くなる

国民の
銃保持権を
憲法から外せない
野蛮な国が
世界をリードする

企業に大往生はないという言葉に、大きな悲しみがあるように思える。仕事を通じて味わってきた思いであろう。為政者の「丁寧」という言葉についての批判は、言葉だけで自分を守ろうとする心を感ずるからであろう。
生活、社会に対する心構えを歌った歌は潔くて、清々しい。

泥を
被って
けろりとしている
それが
男だろうよ

比べて
心の
バランス
が
崩れる

しかし、やはり人に対する目は、優しい。次のような歌を見ると、何のために生きようとしたのかがよくわかる。
ハンドルを
握っている間なりと
一番優しい
自分でいたいと
思う
人生はよろこばせっこ
漫画家のやなせたかしの
残して呉れた言葉だ
優しく
過したい
半分よく似た男と、こういう歌を共有できることがうれしい。歌集のタイトルは『五行歌丸で旅をして』、同じ町の同級生たちといっしょに始めた。その時のみなさんの楽しそうな顔が、今も目に浮かぶ。五行歌を大事にして頂けていることもうれしい。

あとがき

私の五行歌との出会いは、世紀末の、世の中が何となくざわめいて、私自身は還暦を迎えた頃でした。故郷（四国中央市）の友達――小学校から高等学校まで机を並べた――が五行歌なるものを始めたという。故石川勲君、故廣田恵子さんと、現愛媛五行歌会代表の髙橋美代子さんの三人が俳句の街に住む私を五行歌に誘って呉れました。

大阪から五行歌を四国に持ち帰られ普及に尽力されていた故 石村雷太さんも熱心に勧めて下さった。季語や語数の制約のない大勢の人を詩歌の世界に招き入れる短詩型。まるで、五行歌丸という大乗船の乗船切符を貰った様な気分でした。

何よりも、「君の心のつぶやきを五行に書き分ければいいんだよ」との簡明な草壁主宰の一言に背中を押された気がしました。五行歌丸に乗って、五行歌眼鏡《ゴギョウカスコープ》を通して、人を社会を自然を、そして何より自身の心の奥底を探る旅が始まりました。五行歌に巡り会って二十五年、この歳になって、なお多くの歌友の皆様と楽しく充実した交流を続けることの幸せを日々感じております。

筆名、見出丘について時々尋ねられます。英単語ＭＥＤＩＯＣＲＥ（平凡な）を捩ったものです。ミデオカに漢字を当て、見出丘《ミデオカ》。更にみいでたかしとしたものです。殊更卑下の心からでなく、詩歌の世界であれ、人としてであれ凡夫として生かされていることを忘れぬための筆名であります。

この度の私の五行歌集『五行歌丸で旅をして』の上梓のこと、何処かに含羞を感じ乍らも振り返ると夢の様な心地と感謝の念で一杯になります。草壁主宰からお勧めを頂いてより私の怠惰から随分時間が経ちました。主宰には御多忙の中、掲載歌の選り出しの労までお取り下さいました。その上、親しみに満ちた身に余る跋文を戴きました。心から感謝申し上げます。

歌集制作過程では、三好叙子副主宰、水源純様、井椎しづく様はじめ本部スタッフの皆様の大変なご尽力を頂きました。重々の感謝を申し上げます。

最後に愛媛県内の三つの歌会、愛媛、松山、瀬戸の歌友の皆様、身近な処での日頃の友情この上なく有難く思います。更に全国各地でご縁をいただき親しく接して下さっている歌友の方々、有難うございます。引き続きのご指導とご厚情をお願い申し上げます。

見出　丘

二〇二三年十月

見出　丘（みいで　たかし）

1938年　2月	大阪府和泉市生れ
1947～1956年	四国中央市移住
1956～1960年	神戸商科大学（現兵庫県立大学）在学
1960～1970年	野村證券（株）勤務（東京都）
1970～2018年	会計事務所自営（松山市）
1999年　5月	五行歌の会入会
2003～2007年	松山五行歌会代表

五行歌集　五行歌丸で旅をして
2023年11月28日　初版第1刷発行

著　者　　見出　丘
発行人　　三好　清明
発行所　　株式会社 市井社《しせいしゃ》
〒162-0843
東京都新宿区市谷田町3-19 川辺ビル1F
電話　03-3267-7601
https://5gyohka.com/shiseisha/

印刷所　　創栄図書印刷 株式会社
装　丁　　しづく

ISBN978-4-88208-207-1

五行歌五則

一、五行歌は、和歌と古代歌謡に基いて新たに創られた新形式の短詩である。

一、作品は五行からなる。例外として、四行、六行のものも稀に認める。

一、一行は一句を意味する。改行は言葉の区切り、または息の区切りで行う。

一、字数に制約は設けないが、作品に詩歌らしい感じをもたせること。

一、内容などには制約をもうけない。

五行歌とは

五行歌とは、五行で書く歌のことです。万葉集以前の日本人は、自由に歌を書いていました。その古代歌謡にならって、現代の言葉で同じように自由に書いたのが、五行歌です。五行にする理由は、古代でも約半数が五句構成だったためです。

この新形式は、約六十年前に、五行歌の会の主宰、草壁焰太が発想したもので、一九九四年に約三十人で会はスタートしました。五行歌は現代人の各個人の独立した感性、思いを表すのにぴったりの形式であり、誰にも書け、誰にも独自の表現を完成できるものです。

このため、年々会員数は増え、全国に百数十の支部があり、愛好者は五十万人にのぼります。

五行歌の会　https://5gyohka.com/
〒162-0843　東京都新宿区市谷田町三―一九
川辺ビル一階
電話　〇三（三二六七）七六〇七
ファクス　〇三（三二六七）七六九七